AF314877

CONSULTATION

LITTÉRAIRE ET MORALE,

POUR

JOSEPH DESPASE

Poëte satyrique depuis quinze ou vingt jours.

A PARIS,

Chez Brigitte-Mathey, galerie du côté du perron,
Palais-Égalité, n°. 101;
Desjours, près le Théâtre de la République;
Et chez les Marchands de Nouveautés.

Germinal an 8.

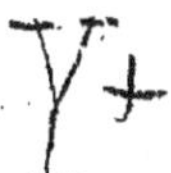

AVERTISSEMENT.

Les parens du jeune Joseph Despase , et ses amis qui sont très-nombreux , ont cru devoir consulter sur l'ouvrage intitulé les Quatre Satyres , qu'il vient récemment de publier. Ils sont alarmés pour ce jeune homme , qui a de l'esprit et du talent , des suites de la brusque incartade qu'il s'est permise , sans consulter ceux qui auroient pu lui donner de sages conseils. La nature et le nombre de ses ennemis cause leur sollicitude. Il ne peut manquer d'en résulter pour lui quelque chose de fâcheux. Comment leur échapper ?

Il attaque des comédiens qui sont toujours en scène , et des danseurs qui sont toujours en l'air.

En provoquant les musiciens , il provoque les plus bruyans des hommes. Les poëtes en sont les plus irascibles.

Les peintres , dont il se moque , savent aussi railler , et feue mademoiselle Lange , a éprouvé la malice d'un de ces messieurs.

En disant qu'il n'existe qu'une femme sage et vertueuse , dans le monde (1) , il semble avoir peu songé aux jouissances de son cœur et à ses plaisirs. Les femmes n'aiment point que leur chûte soit prévue , et celles qu'une semblable prévoyance ne décourage point , tombent sans charme , et autant vaudroit les laisser debout.

Cette consultation ne sort pas du cabinet d'un grave jurisconsulte. Elle a été délibérée à la campagne pendant le déjeûner , par quelques hommes qui aiment les lettres , et en présence de quelques femmes , jeunes et aimables , qui savent apprécier les bons vers , sans en faire de médiocres ; qui ne cultivent point une fleur , sans relâche et exclusivement ; mais qui en les caressant toutes , en expriment ce miel qui découle de leurs lèvres , et qu'elles ne placent que là.

---

(1) Page 42.

CONSULTATION

LITTÉRAIRE ET MORALE,

POUR JOSEPH DESPASE,

Poëte satyrique, depuis quinze ou vingt jours.

Vu l'ouvrage intitulé les *Quatre Satyres*, ou *la Fin du dix-huitième siècle*, par Joseph Despase, de Bordeaux, et actuellement résidant à Paris;

Sur les questions de savoir si les convenances littéraires et morales ont été observées dans lesdites satyres,

Et si les talens de l'auteur ne seroient pas mieux employés dans un genre de littérature plus honnête;

Le conseil, d'après les considérations suivantes, est d'avis:

D'abord, il n'est pas inutile de s'arrêter un moment sur l'avant-propos. Dans un alinéa de quarante lignes, l'auteur juge tous les poëtes satyriques de Rome, d'Angleterre et de France. Il appelle cela un *aperçu*, et il a bien raison. Il s'exprime ainsi: *Cet aperçu prouve, par le fait, que le poëme satyrique n'est pas le plus aisé de tous. Je vais démontrer qu'il en est peu d'aussi difficile.*

A la suite de cette remarque et de cette démonstration, si elle a lieu, on a observé qu'il

A

(4)

étoit peu modeste de donner des satyres sur des objets aussi importans ; sur les arts , les lettres, et les mœurs. C'est manquer à la loi de la prudence, si nécessaire quand on écrit ; c'est fournir des armes aux malins et aux envieux.

Il dit : *J'ouvre l'histoire de la Grèce , de la Grèce qui produisit de si grands talens dans tous les genres , et je n'y trouve pas un véritable satyrique.* L'auteur se seroit-il contenté d'ouvrir cette histoire sans la lire, ou auroit-il oublié, que si plusieurs écrivains grecs n'ont pas donné à leurs ouvrages le titre de satyres , ils les ont remplis de ces traits ingénieux et caustiques, que recherchent ceux qui , avec moins d'adresse , avertissent leurs ennemis, et disent, je vais être méchant ? (Aristophane , Lucien , etc. , etc.) C'est ainsi qu'en ont usé plusieurs auteurs français , et le pauvre diable de Voltaire , l'ombre de Duclos , de Laharpe , ont, sans contredit , tout le mérite que les satyres , nommées satyres , peuvent comporter.

Palissot , ajoute Joseph Despase , *ne peut être considéré comme un satyrique, proprement dit.* On sait que l'auteur traite de sots , dans sa Dunciade , tous ceux qui ne lui plaisent pas. Il n'est pas inutile de rappeler ici , qu'il crut avoir fait un poëme épique, qu'il l'envoya à Voltaire , qui lui répondit : *J'ai reçu* , monsieur , *votre petite drôlerie.*

Nous devons convenir , avec l'auteur, que les satyres de Campagne , de Leclerc (des Vosges), de Nougaret et de Fonvielle , n'ont pas une grande célébrité ; plusieurs , même, de ces noms, frappent notre oreile, pour la première fois ;

(5)

mais nous sommes obligés de lui remontrer, qu'il
traite avec bien peu d'égards, un homme
qui a entamé une aussi illustre correspondance.
Nous parlons du citoyen Campagne, qui a écrit,
familièrement, et en vers, à un des plus grands
potentats de l'Europe, à Paul, empereur de
toutes les Russies. Le citoyen Campagne a donné
cette épître à celui qui tient la plume dans cette
grave consultation, et fut conjuré, par lui, de
ne pas lui cacher la réponse, lorsqu'il la recevra.

Dans la première satyre, intitulée les Arts,
l'auteur parle de la sculpture, en douze vers,
dans lesquels il dit qu'elle *a perdu sa noblesse et
sa grâce*, et *que ses lauriers sont flétris*, parce
qu'il y a sur la place de la révolution, une grosse
vilaine statue qu'on a appelée la liberté. Nous ob-
serverons ici, que ce raisonnement nous paroît
dépourvu de vérité et de justice. Il faut que le
jeune poëte, soit qu'il fasse ses vers dans son cabinet, soit qu'il les soupire en parcourant les
vertes prairies, n'ait pas eu le temps de visiter
les ouvrages de plusieurs hommes laborieux et
célèbres, qui cultivent cet art.

En s'occupant de la peinture, il fait un juste
éloge du sublime David : l'instant d'après, il
loue Ysabey, mais d'une manière qui nous a
paru bizarre et même curieuse. Comme il fait des
portraits en miniature, celui qui prétend l'illustrer, dit :

Il vogue, mais sans lest, vers la race future.

Cette figure empruntée d'un navire qu'on charge
de cailloux pour le rendre plus pesant, n'est ni
juste, ni agréable, ni vraie. Jamais on ne dit
d'un homme, qui navigue, qu'il a du lest,

on ne le dit que du navire dans lequel il est embarqué. S'il avoit dit que comme Anacréon, il va à la postérité par une petite route parsemée de roses et bordée de myrthes; s'il eût employé d'équivalentes expressions, notre observation n'eût pas eu lieu.

Après avoir dit qu'Ysabey *pointille ses couleurs*, il ajoute :

Il veut que la peinture ait ici son Dorat.

On a cru louer ici Ysabey, mais il seroit bien à plaindre, si la peinture pouvoit aujourd'hui se passer de lui aussi aisément que la vraie poésie se fût passée de Dorat, dans le tems qu'il écrivoit. On se rappelle l'épigramme que décocha contre lui un homme qui se connoît en bons vers; la voici :

Bon dieu que cet auteur est triste en sa gaieté !
Bon dieu qu'il est pesant dans sa légèreté !
Que ses petits écrits ont de longues préfaces ;
Ses fleurs sont des pavots , ses ris sont des grimaces ;
Que l'encens qu'il prodigue est fade et sans odeur :
C'est , si je veux l'en croire , un heureux petit maître ;
Mais , si j'en crois ses vers , ah ! qu'il est triste d'être
  Ou sa maîtresse , ou son lecteur.

Ce M. Dorat, si prôné pendant sa vie dans un si grand nombre de sociétés de Paris, est, parmi tant d'autres, un exemple bien frappant et qui devroit bien corriger la tourbe de nos poëtes actuels, qui n'ont pas même le très-léger mérite qu'on trouve dans ses écrits. Il est très-pénible de lire ce qu'on appelle les poésies de Dorat ; il est impossible à un homme de goût d'en rien retenir. L'art d'écrire en vers est le plus difficile de tous les arts : l'esprit le plus pénétrant et le plus étendu ne suffit pas. Il faut une ame brûlante et profondément sensible pour se dire poëte et pour illustrer ce nom. Des milliers d'auteurs ont écrit en vers, et dans chaque langue, cinq ou six tout au plus seront à jamais les délices de toutes les générations. Nous sommes donc d'avis qu'Ysabey a été mal loué, et que cet éloge n'est pas fait pour le flatter. L'immortalité est le partage d'Homère, elle est aussi celui d'Anacréon.

L'auteur parle ici d'une manière dure et outrageante d'une foule de jeunes artistes, qui tous, quoi qu'il en dise, ne sont pas

D'absurdes écoliers, sans goût, sans élégance,
Débiles en talens, mais forts en arrogance.

Comment a-t-il pu juger de l'arrogance de tant de jeunes gens qui ne le connoissent point, et qui jamais même n'ont entendu parler de lui? Prend-il pour de l'arrogance une juste émulation, un amour-propre peut-être qui n'est blamable qu'autant qu'il devient exclusif? D'ailleurs une réflexion qui auroit dû frapper l'auteur, c'est que ces jeunes artistes ne peignent pas, comme certaines personnes font des vers, uniquement pour leur amusement ou leur illustration. Leur travail est leur subsistance : ils existent par lui ; et si on parvenoit à les faire passer pour *absurdes* ou *arrogans*, ils pourroient bien mourir de faim.

L'auteur a été plus circonspect dans l'article de la musique : sa critique est générale, et il ne nomme personne. C'est au public à faire une application que le musicien intéressé ne fera jamais. Voici des vers ingénieux et vrais, sur un homme qui

Conçoit, un beau matin, un beau plan d'opéra.
Il s'accoste aussitôt d'une muse lyrique;
Sans comprendre ses vers, les traduit en musique.

Lorsqu'il dit de Méhul qu'il ne s'est pas toujours défendu du néologisme musical, n'est-ce pas être soi même néologique, en parlant du néologisme (1)?

L'auteur parle dans cette même satyre des spectacles et des acteurs; il en a nommé plusieurs, qui, par leur honnêteté et leur zèle, méritoient plus d'égards, et qui vivent en bons pères de famille, simples et vertueux.

Il a raison et se plaint en bons vers des comédiens toujours divisés, lorsqu'il dit :

Déplorables jouets d'une folle querelle,
Ils trahissent des arts la cause solemnelle.

Voici des vers charmans :

Leur art deviendra-t-il le magique partage
De ces enfans ravis à leur humble village,
Et qui, grâce à Doyen, bercés d'un fol espoir,
Dans l'un de nos faubourgs s'agitent chaque soir?
Ridicules marmots, dont les langues ineptes
Semblent du rudiment bégayer les préceptes.

Cuvellier, directeur du théâtre de la Cité,

Pour mieux écraser les théâtres rivaux,
Dans son auguste troupe engage des chevaux.

L'Opéra où on ne va point, et qui ordinairement

---

(1) Notes, p. 82.

. . . . . . n'est qu'une solitude,
Où Vestris effrayé danse par habitude.

C'est sur-tout dans la satyre intitulée *les Lettres*, qu'on trouve des vers parfaitement bien tournés et remplis d'uu sel d'autant plus piquant, qu'il est moins âcre.

Ce jeune professeur, dont l'auditoire n'a souvent été composé que d'une personne, et qui dit :

Je suis penseur, poëte, algébriste, érudit,
Thévenot me conseille, et ma sœur m'applaudit.
. . . .
Et moi, répond Lesur, piqué de leur harangue,
J'ai plus fait, j'ai chanté les Gaulois dans leur langue.
Et moi, dit Fabien, je juge en prose, en vers,
Je juge tout Paris, je juge l'univers :
Mes jugemens iront à la race future,
Je suis le vrai Dandin de la littérature.

Les auteurs qui travaillent pour le théâtre du Vaudeville :

Vous n'avez rien appris et parlez bien de tout ;
Vous reçûtes du sort l'aimable privilége
De briller au théâtre au sortir du collége.

Voici un morceau très-gai, c'est un modèle d'excellente plaisanterie :

De leurs nombreux débats Phébus un peu surpris,
Balance, et ne sait trop à qui donner le prix :
Ebloui des talens dont l'éclat l'environne,
Dans la main du hasard il remet sa couronne.
Le hasard aussitôt la jette aux combattans ;
Ceux-ci, d'orgueil, d'espoir, d'ivresse palpitans,
Saisissent le laurier, à ses rameaux s'attachent ;
Le cèdent à regret, à l'envie se l'arrachent :
Du cirque merveilleux, du magique séjour,
Trois fois en un moment lui font faire le tour ;

Brûlent de l'arrêter dans sa course volage,
Le poursuivent de l'œil, l'attendent au passage ;
Si bien que chacun d'eux, habile ravisseur,
D'une feuille à la fin demeure possesseur.

Au milieu de ces légers et poétiques personnages, nous sommes bien étonnés de voir paroître Boulay de la Meurthe. Ce qu'on dit à son sujet n'est pas vrai : il n'a eu nul besoin de *supplier de lire sa brochure*, dont on a fait dix éditions en très-peu de tems. Elle a été lue avec empressement et avec fruit par tous ceux qui aiment véritablement leur pays. Nous sommes forcés de convenir que nous avons reconnu avec chagrin, dans ce paragraphe, l'auteur d'un ouvrage pour lequel, en le composant, il a fallu se mettre un peu plus qu'en quatre, et dont les cinq héros n'ont pas été heureux. Nous y reconnoissons aussi le jeune homme qui a tenu le fanal qui a quelque tems éclairé la république et la défunte constitution de l'an 3.

Le début de la satyre sur les mœurs veut être pompeux, mais il n'est pas clair.

Le siècle qui versa des torrens de lumière,

On verse des lumières dans un siècle, mais un siècle ne peut rien verser : la métaphore est vicieuse. Voulez-vous voir comment cette expression *verser des torrens de lumière*, est appliquée heureusement et trouvée plus heureusement encore ? Lisez cette strophe d'une ode de Lefranc de Pompignan, sur les obscurs détracteurs du grand Rousseau le lyrique :

Le Nil a vu sur ses rivages
Les noirs habitans des déserts

Insulter, par leurs cris sauvages,
L'astre éclatant de l'univers.
Cris impuissans, fureurs bizarres :
Tandis que ces monstres barbares
Poussoient d'insolentes clameurs,
Le dieu, poursuivant sa carriere,
Versoit des torrens de lumière
Sur ses obscurs blasphémateurs.

On trouvera peut-être que cette citation n'a qu'un rapport indirect à l'objet de cet important travail : nous en conviendrons, mais cela n'empêche pas que notre remarque ne subsiste, comme dit M. Dacier (1).

Ce que l'auteur dit de la toilette des femmes, qui, dans tous les tems, ont plus ou moins découvert certaines parties de leurs corps, a été dit par tous les poëtes érotiques de tous les pays. La manière de se vêtir, que la mode autorise, ne doit point être regardée comme une preuve de la dépravation des mœurs de celles qui s'y soumettent, souvent par ordre de leurs pères ou de leurs époux. Telle femme a les bras nus et le cœur pur ; et l'auteur, qui n'a trouvé qu'une femme vertueuse, est bien dangereux pour le beau sexe, ou s'est bien mal adressé.

Après avoir rappelé que Boileau, son maître, n'a compté que trois femmes vertueuses, il ajoute :

Dans ce monde brillant, dont l'éclat m'importune,
Moins heureux aujourd'hui, je n'en peux louer qu'une.

---

(1) M. Dacier, dans son commentaire sur Horace, après avoir écrit une remarque de dix pages, étrangère au passage dont il est question, la termine en disant : *Je sais bien que ceci n'a pas trait à ce que dit mon auteur, mais ma remarque subsiste.*

En effet, l'auteur, qui est dans l'âge de le victoire, doit être importuné de ces triomphes faciles, et ses fatigues se conçoivent très-aisément. Lorsqu'il fait dire à ces dames que

Leur amant suffit mal à sa propre dépense.

on ne peut disconvenir qu'elles font un véritable calcul de b. . . .l.

Dans cette satyre sur les mœurs, l'auteur traite de l'amour anti-physique et de la tr......e. Nos bons auteurs se sont toujours abstenus de parler de ces vilenies, et nous n'avons point les mœurs romaines qui faisoient pardonner à Virgile l'éloge d'Alexis, et à Horace celui de Ligurinus. Il faut très-rarement parler de ces joies illicites, afin d'éviter les questions naturelles des petits garçons et des petites filles qu'on croit tromper, et qu'on ne trompe point.

Dans son ennui fatal, dans son désordre extrême,
Tel forme le projet de se vendre lui-même :
Nouvel Antinoüs, il part *sans craindre rien ;*
Et pour comble d'horreur il trouve un Adrien.

Ce jeune homme, qui cherche à faire folie de ce qui lui appartient, est bien malheureux, vivant à Paris, et par le tems qui court, de n'y rencontrer qu'un empereur.

Quant à ces dames, qui ont l'agitation de Sapho, sans en avoir les talens, et qui seront vraisemblablement corrigées comme elle par un Phaon (1), elles sont peintes avec des couleurs qui doivent les effrayer.

D'un stratagême affreux, empruntant le secours.

____

(1) Amant de Sapho.

Pourquoi affreux ? Quel que soit le stratagême employé par ces dames, il faut croire qu'elles possèdent l'art des proportions, si facile dans un cas pareil.

Et sur leur propre sexe, exercent leur ravage.

Ceci ne peut s'appliquer qu'à celles de ces dames qui employent des stratagêmes affreux. Le ravage occasionné par celles qui n'en employent aucun, n'est pas grand, et ne peut jamais être qu'un ravage de *superficie*.

Nous nous sommes aperçus, que dans la dernière satyre, intitulée les Partis, il n'est question que de MM. Marat, Robespierre, Carrié, et autres. L'auteur nous pardonnera de n'en avoir pas achevé la lecture. C'est bien assez de courir chaque jour le risque d'entendre parler en prose de ces hommes horribles, et de ces horribles temps.

On se rappellera que nous déjeûnons, et nous craindrions que ces souvenirs ne fissent tourner dans notre estomac, l'excellent café à la crême que nous prenons.

D'après les considérations qui précèdent, le conseil est d'avis qu'il est à désirer que l'auteur cultive avec soin le rare talent qu'il annonce dans les satyres qu'il vient de publier ; mais il est également d'avis qu'il seroit fâcheux qu'il continuât à écrire dans un genre de poësie qui rend les ennemis irréconciliables, et qui ne laisse pas sans crainte les amis.

Ses ouvrages ne doivent affliger personne, ils ne doivent appartenir qu'au domaine de la gloire. Ceux qui s'intéressent à lui, espèrent n'y plus trouver une méchanceté qui n'est pas dans son cœur.

Délibéré à Paris, le 24 germinal an 8.

www.ingramcontent.com/pod-product-compliance
Lightning Source LLC
LaVergne TN
LVHW010055060726

842524LV00006B/2210